ぼくの鎌倉散歩

田村隆一

港の人

ぼくの鎌倉散歩——目次

春……8
見えない春……10
さかさ川早春賦……12
咲く……16
偕楽……22
鎌倉山のダンディなライオン……28
滑川午睡歌……34
ヒグラシ……36
海の言葉……40
一品香——散文詩風の海……44
わが町……48
白い波頭……52
鎌倉——ぼくの散歩道……56
十三秒間隔の光り……74

鎌倉の人——大佛次郎『敗戦日記』……76
夏至から冬至まで……80
朝　ぼくはなぜ……86
鎌倉逍遙……90
滑川哀歌……98
小路と小路をつなぐ秋……104
七里ガ浜より夕陽を見る……108
秋の黄金分割……110
洋館という不思議なお化け屋敷……112
亀が淵ブルース……118
ぼくの野原……122
路地と生きるヒト・文化……128
鎌倉の枕……134
夜の江ノ電……136

海へ出る小路……142
鳥・西風……146
牡蠣……148
新年の手紙（その一）……150
色……152
解説　宮崎真素美……157

写真（カバー・27・85・133ページ）　山田愼二　©Shinji Yamada
地図（前見返し・後ろ見返し）　西田優子

ぼくの鎌倉散歩

春

梅から櫻。

櫻から藤へ。

鎌倉の野も山も、
そして里も山も、花々にいろどられる。

できるだけ細い道を歩こう。細い道を歩いて行けば、ぼくら諸生物を養ってくれる泉にたどりつけるかもしれない。

実生の椿の老樹が好きだ。

野の小さな花が好きだ。

どんなに小さくても、その花々は、まるで星座のように聖なる秩序のなかで生きている。

海辺に出れば、春の潮。
沖合い四キロのところを黒潮が流れているのだ。
小さな窓をあければ、潮の香がにおってくる。
灯をともしごろになれば、サカナに　相模の地酒を飲もうではないか。
常連は、ピアノ、美術、数学の教師たち、株屋、医者、金がない経済学博士、鎌倉ゴッホと云われている水道屋、商社マン、進歩的な村会議員、タンゴと安来節の名手A夫人、新劇の役者さん、お茶の先生、哲学者、往年の宝塚のスター、新聞記者（スポーツ新聞）、漫画家、お坊さん。こういった連中がたむろする養老院的居酒屋にも春がくると、レディと老ジェントルマンは合唱するのだ、
自由
自由を我等に！

見えない春

人間の眼には
見えない春
その春は雪でおおわれた地の下で
乳白色の樹液と多彩なリズムを産みはじめている

蛇も蜜蜂も熊も
まだ眠っているというのに
ジョウビタキは氷の国へ帰って行き
風がかわり　蓮池の
水温がかすかに上ったというのに

人間の家の窓は閉じられたまま

それでも鼻孔だけは
敏感に春の足音をとらえる
ある年のハドソン河のほとりの四月の夜
その瞬間
タイムズ・スクエアのイルミネーションが輝き

そんな光りを鎌倉の三月の小さな庭で
突然　発見する
ぼくの皮膚の下の春

さかさ川早春賦

水仙の花はいつのまにか消えた
春の雪が降って
その雪が消えたら
クロッカスの小さな花が咲いた
民家の庭に
冬のあいだじゅう一羽で棲みついていた
単独者のジョウビタキも
氷の国へ帰ってしまった
この単独者は
立ち去ることで日本列島に
春

がきたことをぼくらに告知する

ぼくは下駄をはいて
小町から大町の裏通り
安養院のそのまた裏の小路を歩いていくと
緑の血管のような
細い川が流れていて
土地の人は
さかさ川と呼んでいる
昔は
海の潮が逆流してきたのでそんな名前が生まれたのだという
その川をさかさに歩いて行くと
小さな飲み屋があって
ウサギ印刷で経済学博士の名刺を印刷してもらったばかりの
経済学博士がジャーナリストと肩を組みながら

夜明しで飲んでいてフローとストックの理論を
ぼくに講義してくれるのだ
つまり
フローはさかさ川で
ストックは小さな居酒屋というわけか

日曜日の午前十時にウサギ博士から電話で呼び出されて
ぼくはさかさ川をさかのぼり
居酒屋にたどりついたのだが

なんのことはない
鎌倉の八甲田山のてっぺんのウサギ博士の
自宅の奥さんと娘さんとが恐いものだから
ぼくを共犯者に仕立てあげるこんたんなのだ

人間には
どこか悲惨で滑稽なところがある
どんな人間の心の中にも
さかさ川が流れているが
ストックを持っている男には
あまりお目にかかれない
女は
土の産物だから紅梅や白梅の花を咲かせるが
観念的な存在である男は
夜あかしで酒を飲むしかないのかもしれない
妻は病床に伏し、子は飢えに泣く
と
ウサギ博士が呟いた　笑い声が起こるのはその時だ

咲く

十数年まえに、標高千メートルの群馬の山の中で、三年間、ブラブラしていたことがあった。ただブラブラしていたら、飢え死にしなければならないから、神のパンを得るために、イギリスの探偵小説を訳していた。それまで、ぼくは自然の性質というものに、まったく無知だったから、山の中の生活は、ぼくに新鮮な驚き、活力のある戦慄をあたえた。深い沈黙には、音がある、ということを知ったのもそのときだった。

とりわけ冬の生活は、ぼくに自然のポテンシャル・エネルギーの所在を教えてくれた。春、といっても、その山では四月下旬から、五月の初旬にかけてである。四月は雪どけで、どこへ行くのにもゴム長である。豆腐を一丁買いに行くのにも四キロの雪どけの道を歩かなければならない。そして、めったに人間に会うこともない。残雪の道についている足跡といえば、狐、リス、タヌキ、それに小鳥たちのもの。馴れるにつれて、足跡と、その歩き方で、小動物の種類がわかるようになった。

あるとき、五月の初旬だったと思う、村に出る雑木林のなかを歩いていたとき、ぼくは思わず足をとめた。ナラ、クヌギなどの雑木林なのだが、芽ぶいているのだ。その芽ぶき方のすさまじさ。そして芽の多種多様の色彩、ピンク、レッド、イエロー、グリーン、それにブルー、その複合、交響楽的色彩の洪水に、ぼくは目をみはった。冬のポテンシャル・エネルギーが、春によって、形象化されたのだ。そのときから、ぼくの心のなかに、見えない木が生れた。その木が林になり、雑木林になったら、どんなにすばらしいか。

花が咲く、その、咲くという自動詞の語源は、裂くという動詞から来ていることも、あるとき知った。花は、だれの手によって裂かれたものなのか。自然のエネルギーか、神の手か――

ぼくはいま、鎌倉の谷戸《やと》の奥に住んでいて、その裏山を越えると、月影《つきかげ》ヶ谷《やつ》。そこには、藤原定家の嫡男、為家と結婚して、領地相続問題を幕府に訴えるために、この月影ヶ谷に庵を構えた「十六夜《いざよい》日記《にっき》」の著者阿仏尼《あぶつに》が住んでいた。「月影の谷若葉して道清し」の鎌倉時代中期の女流歌人である。

この北側の谷には、野生の椿の老樹、モミジ、山桜などが密生していて、昼間でも、めったに人にあわない。野鳥はヒヨドリ、キジ、ハト、コジュケイ、オナガで、この谷と雑木林が彼らのテリトリーである。谷をおりきると、右側に「月影地蔵」の御堂があって、小さな野川の流れに沿って右折して、しばらく歩くと、極楽寺の裏手に出る。

ぼくはラーメン屋に入って、ラーメンをたべる。その店は狭いから、タバコを吸うのは極楽寺の境内ということになる。

庭の中央にはサルスベリの巨木があって、盛夏には、美しい薄紅の花をつける。梅、桜、藤などが、細長い前庭にところせましと植えられていて、早春から初夏まで、季節の推移を、あざやかに描き出す。冬は陽だまりの庭で、木のベンチに坐って、タバコを吸っていると、いつのまにか睡くなってきて、五、六匹の猫とともに、舟をこぎ出すのである。

極楽寺の境内に隣接するお宅の庭に、ユーカリとミモザの大木が何本かある。三月初旬から四月のはじめにかけて、ミモザの黄色い粒子状の花々がいっせいに咲く。黄色い煙霧！

ミモザはまめ科の常緑高木で、葉は羽状をしている。一昨年の秋、南インドを歩いていたら、ミモザとユーカリの大森林に遭遇したことがあった。

昔「ミモザ館」というフランス映画があって、その女主人に、名優フランソワーズ・ロゼーが扮したことまではおぼえているが、ストーリーはすっかり忘れている。

去年の春、知人を介して、二宮のお医者さんがミモザの木を分けてくださるというので、ホクホクして家内と出かけることにした。トラックでも頼んで行こうか、とぼくが言うと、家内は笑って、まず、木を見てからにしましょうよ、と言う。二宮の親切なお医者さんが分けてくださった「ミモザの木」は、ヒョロヒョロした下生えで、背の高さ、十五センチ。それでも、いまでは、二メートル弱に成長して、わが小庭に住んでいる。

偕楽

偕楽は
わが村のラーメン屋である
十五年まえ　この村にぼくが引越してきたとき
はじめて入ったのがこの店で
客が五人も入れば一杯になってしまうような
小さな店で
ラーメンの味は抜群だった
むろん　エビフライ　トンカツ　冬は
鍋物もできるが
メニューが豊富になるまでには五、六年かかった
それだけ店が大きくなりお座敷までできた

旦那は大田区羽田村出身の無口の快男児
おかみさんは秋田男鹿半島出身の
色白の別嬪で
まるで冬の日本海で獲れたタラのような感じ
もしかしたらタラの化身かもしれない
夫婦ともよく働いた
十年たったら自宅まで建った
夫婦のなれそめを
ぼくは酒の勢いを借りて聞き出したら
旦那はホテルの日本料理の板前さんで
おかみさんは食堂でウエイトレスをやっていて
仕事がおわると
旦那は客にも出さないような上等の魚や肉を
黙って彼女にそっと手渡してくれたそうだ
なるほど

プロポーズというのはそういうことか
言葉だけのプロポーズなんか
詩人にまかせておけばいい　そのプロポーズの言葉づかいをあれこれ云う
　のが
批評家なら
永遠に純白のタラの化身とは遭遇できっこない

明治三十三年生れのぼくの母は
水戸の偕楽園から小学校に二年通っている
学校に行くとき門のところまで
青大将が見送りにきてくれて
学校から帰ってくるとまた青大将が出迎えてくれたそうだ
まさか手を振って挨拶してくれるわけはないが
その青大将の律義さは
いまでも感心していると

老母は笑った
彼女はいま養老院に入っていて
毎年秋の運動会のパン喰い競走では
三年連続一等だと云う
きっと水戸の偕楽園の青大将が
応援してくれるのだ

少年時代
祖父に連れられて偕楽園に行ったことがある
たしか初夏だったから梅は咲いていなかったし
青大将も見かけなかった
明治元年生れの祖父には祖父の青春の思い出があったにちがいない
その夜は大洗の古い宿屋に泊った

わが村の偕楽

祖父や母の偕楽園
数年前
ぼくは酒を飲みすぎて腰が立たなくなり
偕楽の旦那のバイクでぼく自身を
自宅まで出前してもらったことがあったっけ

梅は咲いたか
桜はまだかいな

鎌倉山のダンディなライオン

「大船から鎌倉山を経て竜口寺までの自動車道路は、昭和五年の七月に完成開通したものですが、自動車専用道路としてはこれが我が国最初のものだったので、当時はたいした評判でした。いまは、このほかにもいくつかのバス路線もあり、モノレールも走るようになりましたが、いまから四十年前には、この専用道路は目新しく、珍しいものだったわけです。」

この文章は、明治四十年から鎌倉にお住いの沢寿郎氏の「新板鎌倉名所記」から引用させていただいた。

「鎌倉山」という項目には、

「さて、深沢の十字路を突切って専用道路をまっすぐ行くと、鎌倉山にかかります。鎌倉山住宅地は自動車専用道路ができると同時に、高級住宅地として分譲され、鎌倉に於ける分譲地の草分けと云えるでしょう。

しばらく行くと鎌倉山ロータリーに出ます。ここでは道は二つに分かれ、左が、高砂・若松などを経て山を降り、前に述べた常盤、打越から鎌倉への道です。大船からの道を更に進めば、近年開けた西鎌倉団地を経て竜口寺の終点につきます。竜口寺は片瀬、すなわち藤沢市の域内ですが、その右隣りからは鎌倉市腰越です。」

この一文でも分かるように、鎌倉山の歴史はわずか半世紀である。

昔の本によると、鎌倉山は、土地の人から腰越山と呼ばれていたと云う。つまり、田園調布、自由が丘のたぐいである。

田園調布は多摩川に面した高台だが、げせないのは自由が丘の地名である。あの土地はどう見たって丘と丘のはざまにあるクボ地だからだ。

田園調布も自由が丘も昭和初期の産物だが、「丘」と名づけられたところにロクなところがない。

「向が丘」は本郷台地で、これは文字どおり丘だが、数年まえに、横浜の郊外の新興住宅地で土砂くずれが起こり、数軒のプレハブ住宅が押しつぶされて、いたましい死傷者を出した事件があった。谷間の底辺の造成地で、その名も夢見が丘である。

丘がいつのまにか谷底の意味にかわったのだから、現代日本語もむずかしくなったものだ。外国人に通訳するときには、どう云うのかしら?

なにはともあれ、（ぼくの家の近くを巡回しているチリ紙交換屋さんの口上を拝借すると）腰越山がカラスが丘、トンビが丘にならなかったのは不幸中の幸いである。

地名は、れっきとした固有名詞であり、そのいわれには歴史と文化の重みがあることを忘れては困る。

現代日本語文法には、固有名詞がないとみえて、やたらに地名が改悪される。東京へたまに出ても、地名がバッサリ切り捨てられて、背番号みたいになってしまったから、迷子になってしまうのだ。

稲村が崎のぼくの家の裏山にのぼると、野草におおわれた細い十字路があって、左、つまり東に曲ると、極楽寺開山の忍性《にんしょう》の墓所、北の谷におりれば月影地蔵。さて右、西の尾根づたいをたどって行くと、杉林、その林をぬけると、由比が浜が眼下にひろがり、三浦半島の先端まで望見できる。

そして、鎌倉山の旭が丘のバス停に出るのだが、ここで一服。

それから引きかえして棟方志功版画館のまえを通りすぎ右折すると、七里が浜にいたる台地。

桜並木。そして野の藤、野の小さな花々。

ある邸宅のサザンカの大樹が五、六本。この老樹にはまったく頭がさがる。

鎌倉山のどんな豪邸よりも、野の藤、イノコズチの萠える緑の炎に、ぼくの心は魅了されるのだ。

そして、野草におおわれた藪のそこここにタンポポの黄。

アメリカ人はタンポポのことをダンディなライオン、ダンディライオンと云い、フランス人はダンデリオンと云うけれど、酔っぱらいのぼくは、せめて、ダンディなトラになりたいと痛感するのも、鎌倉山の小路のおかげと云うものさ。

Dande Lion は英語で、（植）タンポポの類。

Dent de Lion はフランス語で、ライオンの歯（タンポポの葉の形に似ているから）。

滑川午睡歌

小鳥がどこからか運んできた種子が
十年たったらネムの若木になって
薄い紅の透明な花々をひらき

小さな庭の小さな池には
夜店で買ってきた金魚が十一匹
泳いでいる　その池のそばに

ネムの若葉が影をつくり
影の中で「ネコ」という名の猫が

居眠りばかりしていて
猫と暮らしていると
いちじるしく勤労意欲が失われてしまって
おまけにネムの木

これでは　ぼくだって眠くなる

猫は夜中に散歩に出かけ　夜明けになると
のびたりまるまったりしながら眠りこけ
ネムの木だけは涼しい顔

ヒグラシ

鎌倉の谷戸の奥に住みついてから、二年ちかくなる。そのまえに、材木座の借家に一年二か月いたから、通算三年。この中世の町で、三年などと言うと笑われるから、つい昨日引っ越してきました、というような顔をしている。最初の夏は、海がめずらしかったから、毎朝浜辺に出ては、昔ながらのヨシズ張りの海の家に行っては、ビールばかり飲んでいた。去年の夏は、近くの海水プールに泳ぎにいって、おでんライスをたべた。

今年は、まだ浜辺にも、プールにも行かない。ときたま、裏山を越えて、小さな寺まで散歩し、その境内で一服するくらいである。その庭の中央に、サルスベリの巨木があって、その姿がじつに美しい。去年は、薄紅色の花をたくさん咲かせたのに、今年はまだ花をみない。このくらいの巨木になると、花は一年おきになるのかな。そういえば、わが家の小庭のナシの木も、去年は甘い実が三十もなったのに、今年はゼロ。梅雨がみじかかったせいもあって、アジサイも生彩がなかった。

そのかわり、蝶やトンボがスイスイやってくる。それもじつに種類が多い。百科事典の蝶のところを見ると、日本の代表的な蝶がほぼ五十種、カラー写真でのっているが、その三分の一は、わが家の庭で見かけるくらいである。タテハチョウ科のヒオドシチョウ、おなじくオオムラサキ。この紅色の蝶と紫色の蝶は、とくにぼくの目をたのしませる。

それから、アゲハチョウ科のカラスアゲハ、ミカドアゲハ、ウスバシロチョウ、キアゲハ。黒、黒いふちどりのあるコバルト・ブルー、象牙色、オレンジのアゲハ蝶は、ぼくに少年の日を思い出させる。夏休みの昆虫採集で、ぼくは、生家のあった大塚の原ッパや巣鴨の雑木林のなかで、色とりどりのアゲハを夢中で追いかけたものだ。

家の裏山は、いま、蟬しぐれ。昨日、東京から青年がたずねてきて、しきりに、あれはなんの鳥の声かとたずねる。ぼくの耳には夏の鶯の声しかきこえない。よくよくたずねたら、ヒグラシのことだった。

海の言葉

あの
黒い土の下には
どんな色彩と音楽が流れているのだろう?
乳白色の　緑色の
血液のリズム
北半球の星座の燃えつきるまで透明な
光のリズム
球根からおびただしい芽がのびてきて
そののびてくる緑色の芽の爪が
人間の指や毛髪にからみつき

驟雨が走り去ったある朝
だしぬけに花がひらくのだ
乳白色と緑色の血液でつくられた
深紅の鐘形　人間の目にも見える鐘の
音

それから

海にむかって毛細血管のような
細い道
を歩き江戸時代からの床屋の裏にぬけると
相模の海がゆるやかにひろがっていて
伊豆半島までは見えるが
大島は春風とともに水平線から消えて

濃紺の海が　もうエメラルド・グリーンに
変ってしまって　変らないのは
人間だけかしら？
ぼくらの遠い先祖は海で生れたというのに
海の言葉　桜貝のささやきが
聞きとれるのは
犬だけかもしれない

一品香——散文詩風の海

天気がいいので材木座の
海へ行った。この浜辺では
幼年期から少年期にかけていくつ
かの夏をすごした。その記憶は鳶色の
アルバムのなかにしか残っていない。

日除けの傘と寝椅子を借りてぼくは海を見る。「大島の上に雲の傘があるからもう梅雨はあけましたよ」とボート屋の老人が云う。

海の家は何軒も開いているというのに「一品香《いっぴんこう》」だけはベニヤ板でかこまれたまま戸をとざしている。主人は植木屋さんでイタさんというのが彼のニックネームだ。べつに板前ではないのだがイタリア人に似ているのでそんな仇名がついた。毎年夏がくると四つの七輪の火にかこまれながらイカとトーモロコシを焼くのが彼の仕事だ。夏が近づいてくるとイタさんは戦慄するそうだ。おかみさんはピエール・カルダン風のドレスを着て鎌倉銀座あたりを歩いている。

男はイワシ
女はマグロ

男は尾骶骨をつき出して歩き
女は宇宙のように子宮だけを膨張させる

材木座の海には原色のイワシとマグロの群れ
頭が空虚だということは人類の最大の救いだ　永遠という観念が
原子エネルギーで粉砕されただけでも気持がいい

陽は頭上にあるというのに
一品香の戸はまだ開かない

わが町

鎌倉に住んでかれこれ十二年になる。それも、ほんのきっかけで鎌倉に住むことになった。

昭和四十六年の夏、家内の父親が古稀を迎えたので、その古稀をサカナに、鎌倉在住の詩人や学者がごく少数集まって、一杯飲むことになった。

当時ぼくは東京の参宮橋近辺のアパートを転々としていて、夕暮どきになると、四方八方のアパート（マンション、レジデンス、シャトーなどと云ってはいたが）から、参々伍々新宿、渋谷、などのバーに出勤するホステスの群れを、陸橋から眺めていたものである。ホステスにもヒエラルキーがあるものだ、ということを、このとき、はじめて知った。

古稀の酒盛りの時間までに、まだ間があったので、鎌倉駅前の不動産屋の物件を眺めていたら、材木座海岸に手ごろな新築の貸家があって、しかも参宮橋のアパートより安い。どうせ勤めの身ではないのだから、どこに住んでいたって、ぼくは一向かまわない。そこで早速、その貸家を借りることにした。母家の内庭に二階建の家が建っていて、一階は六畳とキッチン、浴室とトイレ、二階は六畳と四畳半で、家の裏は浜辺である。当時家賃は二万八千円だった。母家には、九十歳ちかいおばあさんが三人仲よく暮していて、小さな池に大きな金魚が暮していた。

材木座は古い町で、まだ町内が生きている。灯ともしごろになると、「ヨロズ屋」という酒屋さんに、仕事をおえた植木屋さん、大工さん、鳶職、漁師といった人たちが集まって、一杯やる。ヨロズ屋の大奥さんも、若夫婦も、そして店の常連もみんな鎌倉第一小学校の出身で、なんのことはない、毎晩同窓会をやっているようなものだ。家内も戦前、鎌倉第一小学校にいたことがあるから、満更縁がないわけではない。

そして材木座の朝は早い。豆腐屋さんの早いのはわけが分るが、酒屋から床屋（理髪店とかバーバーショップでは感じが出ない。幕末からやっている床屋さんで、明治時代にイギリス人から購入したオランダ製の鏡がかかっている）まで、午前七時になると店をひらくのだ。おかげで朝、酒屋さんに行って、ビールを飲みながら新聞を読むくせがついてしまった。

ある偶然から稲村ヶ崎の谷戸の奥に小さな土地を借りることができて、木造プレハブを建ててもう十一年以上になる。家の裏までが山を切り崩した西武の大造成地で、都市ガスと下水溝を使わせてもらっている。

材木座とは対照的な新住民のニュータウンで、家並だけはモダーンだが、「味」というものがない。つまり、文化住宅だけあって「文化」がないのである。もっとも、このニュータウンで生まれた子どもたちが三十歳にでもなれば新しい文化が生まれるだろう。

白い波頭

いつも
あの波の動きを見たりすると
いつかどこかであの
波頭を見たことがある
という気持になるのだ　その波頭の
白さ
白い列が
ゆっくりと動いていたりすると
インド洋
ベンガル湾

アラビア海
どういうわけか
大西洋の波頭がぼくの頭には浮んでこない

どうしてそうなのか
その理由も
ぼくには分らないけれど

鎌倉由比ヶ浜の
稲村ヶ崎にかけての
白い波頭を見ていると　黒潮の
動きが手にとるように分ってきて
無数の生きもの

無数の性の
歓びと悲しみとがぼくの心に
ひびいてくる
のさ

鎌倉——ぼくの散歩道

ほんの一漁村にすぎなかった鎌倉に、十二世紀の末（一一九二年）に出現した武家政権が、十四世紀初頭（一三三三年）に滅亡するまでの舞台となった中世の町は、おびただしい寺院を残したまま、近世ではふたたび一漁村にかえって、まるでタイム・カプセルにつめこまれたように明治二十年まで、ほそぼそと生きながらえてきた。

中世から、いきなり現代に直結させたのは、明治二十二年の横須賀線の開通だった。つまり、東京から横須賀の軍港に直結する軍用列車のおかげで、鎌倉は現代によみがえったのだ。

大正年間にはサナトリウム、老人の避寒地になり、昭和に入ると別荘ブームが到来し、夏は海水浴場となった。戦後は東京のベッド・タウンになり、大資本による造成地の開発がつづいて、新住民が激増する。

夏は若者たちの世界で、サーフィンとヨットで海岸は占領される。そしてマグロのような若い女性のセミ・ヌードと、イワシのような青年たちの群れ。海の家のスタイルだけは、頑固に伝統を墨守していて、ムギ茶やゆでアズキのかわりにコーラとアイスクリームを売っているだけ。

では、老人たちと旧住民たちは、どこに身を隠しているのか。

それは谷戸である。

谷と書いて、ヤト、あるいはヤツと発音する。江戸時代から知られている代表的な谷は三十六あって、
薬師堂谷、胡桃ヶ谷、牛蒡ヶ谷、宅間ヶ谷、犬懸谷、釈迦堂谷、葛西ヶ谷、比企ヶ谷、経師ヶ谷、桐ヶ谷、尾藤ヶ谷、巨福呂《こぶくろ》谷、鶯谷、亀ヶ谷、勝縁寺谷、石切ヶ谷、扇ヶ谷、泉ヶ谷、智岸寺谷、藤ヶ谷、法泉寺谷、清涼寺谷、御前ヶ谷、山王堂谷、梅ヶ谷、無量寺谷、法住寺谷、佐介谷、七観音谷、佐々目谷、月影の谷……
そのほかに小さな谷をいれたら、どのくらいの数になるだろうか。ぼくが住んでいた稲村ヶ崎の小さな谷を思い出しても、一の谷、西ヶ谷、馬場ヶ谷、姥谷《うばがやつ》、といったぐあいで、しかもそれぞれに個性と風情がある。旧住民の民家がひっそりと谷あいに身をひそめていて、その庭には四季の花がたえない。思いがけないところにペンキ塗りの木造洋館があったりして、ぼくを愉しませてくれる。

*

大小の台風が日本列島を通過すると、鎌倉は透明な秋の光のなかで息づきはじめる。十数年まえに鎌倉の新住民になったばかりのころ、ぼくは北鎌倉の瓜《うり》ヶ谷《やつ》をよく歩いたものだ。ある秋の午後、駅前の鎌倉街道を横断して、細い小路に入り右折したま

ま歩いて行くと、瓜ヶ谷に出る。どの民家の庭にも、秋の果実が枝もたわわにみのっている。栗、柿、ヒメリンゴ、梨、夏柑……たぶん、ヒヨドリやコジュケイの餌になるのだろう。

この谷には、プロテスタントの信者でドジョーすくいの名手であるA夫人やジャコメッティのモデルになった哲学の教師をしているY氏が住んでいて、ときたま襲ってはウイスキーをご馳走になったものだが、この日は「隠里（かくれざと）」を訪ねるので、さっさと通りこした。

この谷には細い野川が流れていて、桜並木。谷の奥は大きくひらけていて、鎌倉にはめずらしい稲田が黄金の穂をたれていたっけ。

しかし、宅地造成の波にあらわれて、谷の斜面には自動車道路が貫通していて、新住民のプレハブ住宅が軒をつらねている。この分だと、瓜ヶ谷の稲田の余命、いくばくもなし、という感じ。

ぼくは急勾配のアスファルト道路を、下駄をならしながら、葛原《くずはら》ヶ岡《おか》を目指して、細い山道に入る。

下駄といえば、東京から鎌倉に移ってきたとき、まっさきに買ったのが下駄なのである。鎌倉の谷や小路には、下駄がいちばんふさわしいからだ。

葛原ヶ岡。刑場の露と消えた南朝の忠臣といわれた日野俊基の霊を祀った神社。その死の翌年、一三三三年、新田義貞によって鎌倉幕府は滅ぼされる。その岡つづきに、源氏山があって、眼下に鎌倉の町が眺められる。桜の木におおわれた源氏山をぬけると、「隠里」があって、江戸時代の『新篇鎌倉志』には、

「隠里　稲荷の近所にある。大巌窟を云ふなり。銭洗水《ぜにあらいみず》　隠里の厳窟の中にあり。福神銭を洗《あらふ》と云ふ。鎌倉五水の一也」

また『鎌倉攬勝考《らんしょうこう》』には、

「銭洗水　佐介谷の西の方にあり。土人いふ、むかし福人此清水にて銭を洗ひしといふ。妄誕の説なり。按するに、此辺に大ひなる岩窟有を、土人隠れ里といふ。されは上世此所にて銅気のある岩を掘て、此水にて洗ひ試し事もや有し、其ふることを誤り伝へしならん」

なにをかくそう、「隠里」とは銭洗弁天のことで、鶴ヶ岡八幡宮は応神天皇をおま

つりしてあって、武の神さまであると同時に詩の神さまなのだから、イの一番に参詣しなければならないのだが、この世で詩を書いて生きて行こうと思ったら、銭洗の弁天さまのお力をかりなければならない。そこで、こっそりと「隠里」を探訪し、ローソクを奮発し、ポケットのお札を二、三枚、ザルに入れて、霊水で洗ったら、たちまち、翌年の春、アメリカに招待されて、東部から西部へと大学で詩の朗読をして歩いて、お金が儲かったのである。弁天さまの御利益を吹聴したら、ブラジルの美女マリリア・サントスまで「隠里」にお詣りするようになり、以来、カルダンのドレスしか着なくなった。「ヘビの日には、どんなに忙しくてもお詣りします」。東京とロサンジェルスを往復しているカトリックの美女は、大真面目なのである。

*

とくにぼくが好きな鎌倉の季節は、サザンカと椿の花の晩秋初冬と、水仙、梅の花咲く早春だ。真冬は、西風の強い日があって、そういうときは、七里ヶ浜に出ると、丹沢山系と白雪の富士がくっきりと姿をあらわし、相模湾の彼方の伊豆半島の天城山に赤い夕陽が落ちて行く。

晩秋初冬、稲村ヶ崎の谷の奥にあるわが家の裏山から極楽寺におりる山道はすばらしい。萩の花が散り、ススキが銀色の穂を出し、赤トンボの群れが行き交う。

裏山には超ミニの熊野権現の小社があって、小さなリンゴが二つ供えられていたりする。それからグミの実が落ちている山道をのぼりつめると、夏草におおわれていた細い十字路もくっきりあらわれて、左手（西）は旭ヶ丘を経て鎌倉山にいたり、右手（東）の尾根をつたわって行けば、極楽寺の裏山、さらにその先を下れば、「月影の谷若葉して道清し」の句碑が立っている、阿仏尼、『十六夜日記』の作者の屋敷跡に出る。

ぼくは北側の谷をおりる。十一月の声をきけばウルシ科の葉は、あざやかに紅葉し、火のように燃える。道は岩盤で、紫、紅、黄、ブルー、グリーン、ピンクの小さな木の実と、ウイスキーの琥珀やワイン・レッドの色とりどりの落葉で埋めつくされている。土地の人は、この北側の谷を「月影」と呼んでいる。

谷をおりきったところに、ひなびた地蔵堂があって、等身大の木造地蔵菩薩像が安置してある。その名も月影地蔵。左手にまがれば刈入れ近い黄金色の稲田を経て西ヶ谷。この谷の奥には、鎌倉時代特有の「やぐら」と呼ばれる武家の洞窟状の墓所がいくつかあって、自動車のガレージになったりしている。霊あらば怒り給え。

ぼくは細い野川に沿って右折する。極楽寺の方へ。

この境内は陽だまりになっていて、冬の午後などアケビのツルがからまっている棚の下のベンチに腰おろし、タバコを吸っていると、いつのまにかウツラウツラしてくる。真言律宗のお寺で、五万人余の病者のために施療にあたった忍性《にんしょう》の開山。幕府滅亡の戦火で、七堂伽藍、四十九院、それに慈善救済施設があったという壮大な大寺院も焼滅し、わずかに吉祥院を残すのみ。

閑静な境内には百日紅《さるすべり》の大樹を中心に、白梅、紅梅、数種類の桜などがあって、ウイーク・デイには、ほとんど人影がない。ぼくと猫だけ。

境内の桜並木、黄ばんだ葉を見あげながら、ひなびた茅《かや》ぶきの山門をくぐり、江ノ電を脚下に見て極楽寺坂の切通しへ。

極楽寺坂、鎌倉七切通しの一つ。この切通しも忍性のつくったものと伝えられているが、中世の鎌倉へ入る西側の要路で（東側は逗子にぬける名越《なごえ》の切通し）、『太平記』には元弘三年（一三三三年）上野《こうずけ》の新田義貞の軍勢が幕府に攻め入ったとき、この極楽寺坂で激戦があったと記されている。

極楽寺坂の右側に、名執権といわれた北条泰時が創建した成就院という古刹があって、その山門から海岸線、つまり、ぼくの視線から記述すると、いまや湘南ハイウェイに分断されてしまった稲村ヶ崎の小さな岬を起点として、由比ヶ浜が一望にひろがり、逗子との境界線である飯島で、遠浅の湾はおわる。そのおだやかな湾の中央に滑《なめり》川《がわ》の水が流れこみ、逗子よりの浜を材木座海岸と呼ぶ。六月初旬はとりわけ絶品で、成就院のアジサイと遠浅の海浜とが絶妙のコンビネーションをつくり、そのアジサイも色の種類の多いこと。アジサイは、北鎌倉の明月院が有名だが、明るい海とアジサイのモザイクを賞味するのだったら、成就院にかなうものはあるまい。

＊

さて、いまは秋。

切通しの岩肌は、冷たいしずくに濡れ、シダ類が頭を垂れている。秋の香のただよう冷気のなかを、ダラダラッと坂をくだると、左手に安産の仏さま、手づくりのヨダレかけをした六体のお地蔵さまが岩かげに並んでいて、やがて、鎌倉十井の一つ、星の井、別名、星月夜《ほしづくよ》の井がある。江戸時代までは、このあたりは木々におおわれ、昼なお暗かったので、地名を星月夜と言ったそうだが、そのまま井戸の名前になったという説もある。

この井戸をすぎたところから、「坂の下」という江戸時代からの漁村で、由比ヶ浜から一・四キロの沖合を流れる黒潮のおかげで、イセエビ、イシダイ、シラスなどがあがり、その海の幸が、この小さな漁村をうるおしているのだ。
この「坂の下」も、いまではすっかり近代化されてしまって、「バロン」というスナックまである始末。ぼくは「バロン」の細い道をぬけて、ドライブ・ウエイを横断すると、由比ヶ浜の西端に出る。

小さな漁船と網などが陽に干されているだけで、夏のあいだ、たぎりたっていた若者たちの裸体は、秋風とともに東京に去って行ってしまった。

ぼくは由比ヶ浜の磯づたいに、滑川の河口にむかって歩く。秋の空には鰯雲が、水平線上には大島がくっきりと姿をあらわし、秋がふかまるとともに、海の色も濃紺にかわる。大島が水平線から姿を消したとき、鎌倉に春がくるのである。

南には相模の海がひろがり、海を背にして、滑川の河口から鎌倉という中世の都市を眺めると、左手（西）には稲村ヶ崎、霊山《りょうぜん》ヶ崎が源氏山につづき、さらに北上して葛原ヶ岡にいたる。北には勝上《しょうじょう》ガ岳があって、東にのびて鷲峰《じゅぶ》山《せん》、大平山《おおひらやま》、天台山などの山々になり、東南（つまり海から見て右手）には、衣張《きぬばり》山、浅間《せんげん》山、名越山、弁《べん》ガ谷《やつ》山が海の方にのびてきて、飯島ガ崎になる。ここが逗子と鎌倉の境界だ。

鎌倉の山は、山といっても小高い丘と言ってもいいくらいで、いちばん高い山が標高一四〇・八メートルの天台山である。その山々を、ヘリコプターから眺めたら、山の裏は、大規模な宅地造成で削りとられ、玩具箱をひっくりかえしたような小住宅が密集しているのが分るだろう。だから、鎌倉の山は、舞台の書き割りのようなものだ。

＊

滑川の河口から一ノ鳥居、そして二ノ鳥居から、頼朝が妻政子の安産を祈願してつくった段葛《だんかずら》がはじまり、そして三ノ鳥居から源平池を渡って六十二段の石段、その左手にそびえる大銀杏は、三代将軍実朝を暗殺するために、甥の公暁《くぎょう》が身をひそめていたというところから、「かくれ銀杏」と呼ばれている。この大銀杏を見るたびに、小学生のときの遠足を思い出す。あの記念撮影の行事は、テクノロジーの現代でも栄えていて、ぼくにほろ苦い郷愁をよびおこさせる。

まっさきに銭洗の弁天さまにお詣りしてしまったのだから、六十二段の石段をのぼって、武と詩の神さまである八幡さまに参詣しなければ片手落ちだろう。

「康平六年（一〇六三年）、源頼義によって石清水八幡宮から由比郷に勧請されていた社が、頼朝によって現在のところへ移されたのは、治承四年（一一八〇年）のことである。それから十年後、これは焼失し、頼朝はさらにいっそう大規模な社殿を造営したが、その後、兵火によってそれも焼けてしまった。現在の本宮社殿は文政十一年

（一八二八年）の建築である」と、ぼくの持っているブルー・ガイドブックス『鎌倉』にある。

朱と緑、それに黄金色で装飾されている本殿にぬかずくと、なんだか中国や韓国のレストランに入ったような気がしてくる。伊勢の神殿のような白木造りが、ぼくの好みにあう。だから日光の東照宮もあまり感心しない。そんなことを言ったって、詩の神さまなんだから、拝まなければバチがあたるだろう。拝んでいるうちに、遠足でやってきた小学生になったような気がしてくるから不思議である。

オミクジは小吉。

蓮池のそばのベンチで一服。

ぼくの推定では、徳川幕府によって再興されるまえの八幡宮は、もっと素朴で剛毅なものではなかったか、ということだ。

史上初の武家政権の精神的支柱となった建長寺、円覚寺、寿福寺などの禅宗の寺院の建築様式を想起すれば充分だ。そして、鎌倉時代にあって民衆の精神革命をとなえた日蓮宗の妙本寺の重厚な静寂さをかえりみればいい。そして、鎌倉時代は神社建築も仏寺建築の手法を積極的に取り入れだしたと言われているのだから、どう考えてもいい。

いまの八幡宮は、徳川幕府末期の文化的センスであって、頼朝が大火のあとで再興した本殿とは、およそ趣きを異にしていたものと思わざるをえない。幻の若宮を頭に描きながら、ぼくの下駄は、材木座、鎌倉幕府以来の中世の港町に歩いて行く。

*

明治中期創業の酒屋さんの黒びかりしている古い上り框《かまち》に腰をおろして、ビールを飲んでいると、筋むかいの床屋さんが目に入る。まさに床屋さん、カミドコヤさんで、いまどきの理髪店でもバーバー・ショップでもない。明治開化の匂いが濃厚にただよっている床屋さんである。

ぼくはホロ酔い機嫌になると、朝顔のツルが秋風にふかれながら、まだからまっている古風な戸をあけた。下駄をぬいで、スリッパ。六十四、五歳のご主人が、日本剃刀で、ぼくの不精ヒゲを剃ってくれる。

「お店はもう古いのですか」

と、ぼくが声をかけると、

「そうですねえ、わたしの曾祖父が、幕末まで、この場所で髪結床をやってましてね。ええ、チョンマゲですよ。明治になって、祖父は横浜へ西洋式の修業にでかけましてね、イギリスの船員さんたちの頭をモデルにして、バーバーの技術をマスターしてきたんです。この鏡だって明治中期に、祖父がイギリスの商人から買ったオランダ製でしてね」

ご主人がバーバーと発音すると、中世と明治を結ぶ横須賀線の文明開化のリズムがひびいてくるようだ。ぼくの目は、しぜんと「バーバー」の高い天井に吸いつけられて行く。世紀末のデコラティブ。

「ずいぶんシャレてるんですねえ、お店の天井……」

「はい、大佛次郎、久米正雄といった文士さんがたが、まだ帝大生のころ、この店で舞踏会をしたものです。大正のおわりでしたかねえ。昭和十一年になると、松竹の撮影所が蒲田から大船の草競馬場のあとに引越してきた。で、この材木座には、俳優さんたちがずいぶん住むようになって、上山草人《そうじん》さんはじめ、早川雪洲、上原謙、佐分利信などですよ。それで、このあたりを歌舞伎町というあだ名で呼ばれたくらいで」

＊

ぼくは床屋さんを出ると、鎌倉の東端にある光明寺の方へ歩いて行った。東京から鎌倉に移ってきた当初、材木座の借家に住んでいたので、光明寺にはよく散歩に行った。浄土宗関東総本山。北条経時が建立した寺で、後花園帝の宸筆《しんぴつ》になる天照山の額をかかげた山門の格調の高い美しさ、そのシンメトリックな様式とディテールに、ぼくの心は魅了される。その山門をくぐると、壮大な伽藍があり、夏には千年の蓮の花がひらくのだ。

光明寺というと、ちょうど十年まえの大晦日の夜のことがありありと浮んでくる。日記を見ると、昭和四十五年（一九七〇年）の除夜の鐘は、光明寺に行って聞いている。鐘楼には老若男女が列をなしていて、午前零時を待ちかまえているのだ。この夜は、一人に一つずつ鐘をつかせてくれる。

鐘が鳴りだしてから、ぼくは材木座の海岸に出る。見事な引き潮、和賀江島《わかえ》、貞永元年（一二三二年）に、観進上人往阿弥陀仏が、名執権と言われた北条泰時に申請して、海難防止の大堤防を築いた。丸石を集積して、長さ二〇〇メートル、幅五〇メートルの半島形の堤防で、現在でも、その遺跡がある。満潮のときは、完全に海面下に姿を没してしまうが、引き潮のときは、頭を出す、その和賀江島が、その夜は全容をすっかり現して、そのさきまで歩いて行けそうな感じ。

沖は、はるか彼方に遠ざかり、白い波頭が、左から右へと、まるでライン・ダンスのように、夜の闇のなかを走っては消え、やがてまた、生れたばかりの白い波頭が、左手から順ぐりに右手に走る。その距離、ほぼ一〇〇〇メートル。あの夜の引き潮と、闇をつらぬく白い波頭は、生涯、忘れられないだろう。

秋の日は暮れた。

ぼくはバスに乗って鎌倉駅まで。時計塔のある文明開化の駅も、近く大改築されるそうだ。いくらなんでもパルコ風にはなるまい。

*

鎌倉は不思議な町だ。

中世から一気に明治の文明開化に結びつき、近世がみごとに欠落している。徳川時代は幕府の天領になり、寺院だけが保護されていたにすぎない。

小町通りもヤング風の店がふえたが、一歩露路裏に入ると、戦前の東京の下町をおもわせる飲み屋と現代的なオカマ・バーが共存している。ぼくの行きつけの飲み屋は、平均年齢六十歳という養老院的居酒屋で、老男老女が、一堂に会して、古き良き時代の映画主題歌を合唱するのである。たとえば、『会議は踊る』『巴里の屋根の下』『三文オペラ』『自由を我等に』など。

客種も雑多で、生糸屋、株屋、水道屋、コンサルタント、教師、坊さん、市会議員、お医者さん、たまに新聞記者がいるかと思うと、新聞は新聞でもスポーツ新聞だったりして、とにかく「文化人」がいないだけ気持がいい。ときたま、往年の少女歌劇のスターもお出ましになって、シワガレた声で『スミレの花咲くころ』をお歌いになると、老人たちはたちまち青年にかえって行くのである。

そして、谷あいの民家の旧住民の中世紀的な夢と、新住民の住宅ローンの夢とが織りなすところに鎌倉の夜がある。

白昼、人影のない谷戸を歩いていると、ふと中世の死者たちの声を聞くような気がする。血で血を洗った鎌倉幕府の成立から滅亡まで、おびただしい死者の沈黙の上にきずかれた文明開化の町。

十三秒間隔の光り

新しい家はきらいである
古い家で生れて育ったせいかもしれない
死者とともにする食卓もなければ
有情群類の発生する空間もない
「梨の木が裂けた」
と詩に書いたのは
たしか二十年まえのことである
新しい家のちいさな土に
また梨の木を植えた
朝　水をやるのがぼくの仕事である

せめて梨の木の内部に
死を育てたいのだ
夜はヴィクトリア朝期のポルノグラフィを読む
「未来にいかなる幻想ももたぬ」
というのがぼくの唯一の幻想だが
そのとき光るのである
ぼくの部屋の窓から四〇キロ離れた水平線上
大島の灯台の光りが
十三秒間隔に

鎌倉の人——大佛次郎『敗戦日記』

鎌倉の段葛《だんかずら》の二ノ鳥居あたりから、八幡さまにむかってしばらく歩くと、右手に横町があって、その左側に、古くからある産婦人科の医院、そのま向いに「雪ノ下教会」というプロテスタントの建物があって、その二軒が、ぼくがひそかに名づけた「人生の並木道」という路地の入口になっている。

もし、ぼくが産婦人科で産まれ、ま向いの教会で洗礼を受けたら、まさに、ぼくの「人生」のスタートとなる。せまい路地だから四輪車は通らない。ブラブラ、四季の移ろいを膚身《はだみ》に感じながら散歩するのにはもってこいである。しばらく歩くと、公益質屋があるが、ローンのおかげで人影を見たことがない。ぼくは三十歳になっている。その店を通りすぎると、大病院の裏手がつづき、その右手のブロック塀から、卒塔婆の先端があたかも並木のごとく並んでいる。ぼくは四十二歳。厄年をどうにか切りぬけると、歌人の吉野秀雄さんのお宅があったり、小さな理髪店（床屋さんというなつかしい言葉も、いまでは差別語だそうである）があったりして、ぼくは四十五歳。

やがて、長い黒塀がつづき、庭の樹木の頭を見上げながら、ここの主人こそ、鞍馬天狗のオジさんのお屋敷だと、あらためて感じ入り、突然出版されたばかりの『敗戦日記』大佛次郎著が読みたくなった。ちょうど、ぼくの敗戦末期の一年十カ月は、海軍の学徒兵ですごした時期にあたるから、戦時下の鎌倉の生活を、知的な目で観察した大佛さんの「文明批評」に接したくなったのである。
黒塀がつきると、ぼくは六十歳。しかし、鎌倉に住んでから、小林秀雄先生（大学で先生の講義に一所懸命に耳をかたむけた）のご自宅に伺ったことは一度もなし。これでもぼくはシャイなんだ。

小林先生のお宅は建仁寺垣にかこまれていた。先生は、畢生の大作『本居宣長』を書きおわったばかり。ぼくは七十歳。そしてその隣りは、「Ｓレンタカー」という看板が出ているポンコツ車の山。なかには車輪のない車もある。それを眺めているうちに、ぼくはたちまち歳をとって、金沢街道に押し出されると、ポンコツ君は家に帰って、大佛次郎著『敗戦日記』（草思社刊）を読むことになる。

この「日記」は、昭和十九年九月十日から、昭和二十年十月十日までのもの。
九月十二日の條に、こんなくだりがある。

「今の情況（田村註・米軍に制空権、制海権をとられ、六月にはサイパン島陥落、Ｂ29の爆撃圏に日本列島の大半は入る）ではいつまで生きていられるか分らぬが五〇才から六〇までの間に何か完成した作品が書けねば駄目だと思う。（略）六十以後は人はやはり衰えるらしい。老年の智慧と残っている若さと均衡の取れた年代が大切なのである。」

戦前、戦中、戦後を、強靭な創作力、そして知的視点で鎌倉の人の生活（文化）とそれを支えている歴史と文明に、あたたかく、しかもクールに記述する「文体」そのものに、ぼくは惹かれざるをえない。それでなかったら、『天皇の世紀』という大作、ノン・フィクションは、最晩年、病苦のさなかで完成されることはなかっただろう。享年七十五歳。大佛さんは自ら規定した精神と肉体のハードルを、スマートに越えたのだ。

夏至から冬至まで

相模の海を背にして
鎌倉の山波をゆっくり眺めてみよう
滑川の河口の砂浜に立つと
左手には稲村ヶ崎の岩状の岬
ドライブ・ウエイをへだてて霊山《りょうせん》ヶ崎が源氏山につづき
さらに北上して葛原ヶ岡にいたる
北には勝上《しょうじょう》ヶ岳
東にのびて鷲峰《じゅぶ》山《せん》　大平《おおひら》山　天台山
東南には衣張《きぬばり》山　浅間《せんげん》山　名越《なごえ》山　弁《べん》ヶ谷《やつ》山が海の方にのびてきて
飯島ヶ崎

「また脊髄の中を
夏至が昇ってきた
ヨハネのマラルメのゲジゲジの
せぼねを食うためにヲナガが
笑いながらかけめぐっている
磯にうちよせる波が小さく見える
カマキューラの山々なども青白く」
と*J*・*N*は
鎌倉をカマキューラと発音したが
その秘密がやっと分った

J・*N*が
死者の棲む世界に旅立って
ほんとうに世界が夏至になったとき

小町通りの喫茶店で
大正十二年から鎌倉の畦道を歩いているＦ先生に会って
Ｊ・Ｎの思い出など語りあいながらお茶を飲んだことがあった
Ｆ先生はリルケと江戸漢詩人の研究家である
突然　Ｆ先生の眼に光りが走り
美しい微笑をたたえながら
「そうだ、ぼくがまだ学生のころだったから
昭和初年のことだったでしょうね
西脇さんがイギリス人の女流画家マジョリイさんと連れだって
材木座の海岸へよくお見えになりましたよ
そのころは　西洋人の女性の水着姿は珍しかったから
ぼくは今でもよくおぼえていますよ
とてもグラマーで美しい婦人でしたけどね」

鎌倉でいちばん高い山

標高一四〇・八メートルの天台山にのぼって
明るくておだやかな冬がゆっくりとしのびよってくる
カマキューラの山波と町を眺める
七口《ななくち》
七つの切通しにかこまれた中世の町の
光と影の小道
その表皮の
けばけばしい変化にもかかわらず
生きとし生けるものの哀歓と夢が
四季の移り変り
星座の運行とともに
生れかわり
語りつがれ
深い沈黙のなかで呼吸しているくせに

バード・ウォッチングの双眼鏡でいくら探してみても
J・*N*の背中は見えない

朝　ぼくはなぜ

朝　ぼくはなぜ
大カップにインスタント・コーヒーを投げこみ
クリープをたっぷり　砂糖少々
スプーンでかきまぜてゆっくりと飲むのだろう
それから安タバコに火をつけて
朝の海の色を見る
ときには沖の白波
ときには油を流したような潮の色
それも毎朝
なぜ人間はコーヒーを飲んだりトーストを喰べなければならないの
か

トンビは兄弟喧嘩をするが
カラスの喧嘩は見たことがない
トンビがピーヒョロロと鳴いたら
明日は雨か雪になるだろう
新聞をひらいたら
アメリカのトンビがピーヒョロロと鳴いていたっけ
ハリウッドの元俳優　四十代新大統領の就任演説
「英雄的アメリカ」
ニューヨークの株価とドルが急落し
円は高くなって二百円の大台を割った
アメリカへ行くなら今だ！
階下の浴室におりて行ったら
水洗便所は洪水で
あわてて水道屋に電話して修理してもらった
人間はなぜ

朝から忙しいのか

午後は江ノ電に乗って小町の小さな画廊に行ってみた
新劇の古い役者の小品展で
明治時代の時計塔がそびえている鎌倉駅が霙でかすんでいる
「霙」という水彩がいちばん気に入った
明治の「時」がピーヒョロロと鳴いたものだから
きっと霙が降ったのかもしれない
それから
小町通りの「リンデンバーム」というスパゲッティ屋に入って
相模ワインの赤で帆立貝スパゲッティを喰べてから
雑踏の中を歩いていると
三十五年前の大戦で戦死したはずの
「死んだ男」とすれちがった

夕暮になると
夜はゆっくりとした足音で
ぼくの小さな部屋を包囲する
「善は悪を想像することができるが
悪は悪を想像することができない」
という
イギリスの詩人の言葉を思い出しているうちに
いつのまにか
朝になっていて
ぼくは大カップでコーヒーを飲む

朝　ぼくはなぜ

鎌倉逍遥

鎌倉高校前

鎌倉と藤沢を結ぶ江ノ島電鉄。

全長十キロを、電車は、四十五分かけて走る。

由比ヶ浜、稲村ヶ崎、七里ヶ浜に沿った海岸道路は、まるで駐車場だ。上り車線も下り車線も延々と渋滞し、突っかえ、突っかえのノロノロ運転。車窓からは二本の足、そしてラジオから流れるポップス。退屈と苛立ちとため息。

しかし、江ノ電は走る。十キロを四十五分で走るのだから速度は知れたものだが、その走りは爽快だ。渋滞ノロノロ運転の車を尻目に、気分よく走る。

窓からは海が見える。家々の裏庭が見える。ときには台所のなかまで見えて、夕ごはんの炊きものや焼きもののにおいまで電車のなかへ流れこんでくる。漆黒のクロアゲハが窓から乗りこんできて、次の駅で降りていくこともめずらしくない。その無賃乗車を咎める人は、一人もいない。

カマコウマエ（鎌倉高校前）が、ぼくは好きだ。七里ヶ浜と腰越の間にある無人の駅。背後に丘があって、丘の斜面に墓地があって、ススキが潮風に揺れていて、相模湾が金色に輝いている。

授業を終えた高校生。男子は白いワイシャツに黒いズボン。女子は白いセーラー服に濃紺のスカート。

みんな、実は、とてもイヤな時期の真っただなかにある。大学受験。灰色の朝と灰色の昼とどこまでも深い闇夜。受験勉強というのは、なんてイヤなコトバだろう。

しかし、生徒たちの表情は明るい。男の子はたくましく、女の子はやさしそうだ。青春だ。突撃せよと、ぼくはつぶやく。

比企ヶ谷

比企《ひき》ヶ谷《やつ》。

ここには日蓮宗妙本寺がある。

若宮大路の東を流れる滑川を渡るとすぐ山門があって、道はゆるやかな坂になっている。

参道の両側には背の高い杉の木がそびえ、明るい光に濃い影を落としている。地上に黒く描かれたその杉の影を踏んで歩くと、夕立みたいに降りそそいでくる蟬の声。野鳥が飛び交い、さえずり、草むらの虫を狙って急降下し、ふたたび積乱雲のまばゆい白さのなかに消えていく。

首すじに伝う汗の雫。谷の奥から駆けおりてくる風。その風に向かって、階段をのぼっていくとき、ぼくはいつも鎌倉武士のさけび声を耳にする。

ここは二代将軍・源頼家の義父・比企《ひき》能員《よしかず》の居館跡である。

比企一族は、頼朝が伊豆に流されていたときいらい、たくわえた力で鎌倉幕府の中枢にあって、北条一族とその勢力を競い合うまでになっていた。

権力をうばわれることをおそれて、北条政子は、ここを攻めた。ぼくが階段をのぼっていくとき耳にする声は、その闘いの声だ。

政子は頼家の子、つまり自分の孫まで殺した。平凡なやさしいおばあちゃんであるよりも、政子は幕府を動かす政治家であることを選んだ。

権力とは縁のないぼくは、その決定を下した瞬間の、政子の心の動きがはっきりとはつかめない。

瓦屋根の大きな本堂の前に立って、ぼくは、愛とはなにか、そして、戦争とはなにかと考える。

真夏のはげしい陽の光につつまれながら。

小町通り

駅前広場の一角に鳥居。鳥居をくぐると一直線に商店街。

レストラン、薬屋さん、八百屋さん、古美術商、おみやげ屋さん、本屋さん、お菓子屋さんにお寿司屋さんなどなど。

なんのへんてつもない商店街のにぎわいにまぎれて、ぼくはゆっくりと散歩する。

育ちざかりのお嬢さん、老婦人、それも未亡人らしいお年寄り、Ｔシャツの青年、着流しのご隠居さん。一人一人の表情をながめながら歩く楽しみは、格別なものだ。

人間の数だけの人生。その多様性の豊富さに、ぼくは一種の感動をおぼえながら歩くのだ。

若いカップル。質の異なるホルモンをおぎない合って、幸福そうな笑顔がかわいらしい。ぼくもこういう時期があったはずだが、それは遠い昔のこと。軍靴の響きと軍艦マーチとモンペと空腹だけではなかったのに、いま思い出すことができるのは、戦争のことばかりだ。

赤い風船。水素ガスでふくらませた風船には糸がついていて、よちよち歩きの子供がその糸の端をしっかり握っている。残る片手はお母さんの手に握られていて、子供の歩行は真剣そのものだ。

風船を離してはいけない。二本の足で歩かなければならない。

人類が直立二足歩行をはじめたときから、これは巨大なテーマだったのではないか。

それを考えるために、ぼくは小町通り商店街から枝分かれしている路地に歩みこんでゆく。そこには居酒屋があって、ぼくとおなじことを考えながらウイスキーを飲んでいる友達がたくさんいるのである。

山越え

裏山、といってもぼくの家は、江ノ電稲村ヶ崎駅からまっすぐ北へ向かう一の谷戸《やと》の突き当たりにあるのだが、その裏山を越えると、月影谷戸《つきかげがやつ》に出る。

この裏山の尾根は鎌倉山と尾根つづきになっていて、そこを越えると眼下に墓地がある。春は桜がきれいな墓地で、墓地の脇の道を降りていくと、月影地蔵のお堂がある。お堂の前には江戸時代からの墓石、石仏がひっそりと並び、左手は今なお田んぼだから、あたりは静かだ。

ヒグラシの声がきこえ、あぜ道に野の花が咲き、はるか上空をトンビが旋回している。田んぼのドジョウやカエルを狙っているのだ。

ここを、所領の相続問題を裁判で解決するために、鎌倉へ下向した阿仏尼も歩いたはずだ。


「東にて住む所は、月影の谷とぞいふなる。浦近き山もとにて、風いとあらし。山寺のかたはらなれば、のどかに、すごくて、浪の音、松風たえず」

（『十六夜日記』）


山寺とは極楽寺のことで、鎌倉の寺としては規模が大きかったが、京都を知っている阿仏尼には、「山寺」にすぎなかったということだ。

阿仏尼には、鎌倉は、一種の発展途上国、というより、あきらかに「後進国」だった。

やがて、鎌倉幕府は滅亡した。

星霜移って明治時代。

帝国海軍は東京と横須賀を結ぶ横須賀線を敷設した。それまで、鎌倉は、相模の国の一寒村にすぎなかった。鎌倉時代を現代に結びつけたのは横須賀線だったことが、山越えをすると、改めてよくわかるのだ。

滑川哀歌

鎌倉を流れる最大の川は滑川
ナメリガワ
「鎌倉攬勝考《らんしょうこう》」巻之一には
「一流にして六名」とあり
くるみヶ谷にては胡桃川
浄妙寺前に至りて滑川と呼び
またその下流にては坐禅川
小町辺にては夷堂《えびすどう》川と唱え
延命寺辺より大鳥居辺に至り　すみうり川と称し
閻魔堂の前にては閻魔堂川という

つまり滑川は名前を六回変えながら
鎌倉の町のなかを貫流する
滑川にかかる東勝寺橋を渡って右に行くと
東勝寺跡

春になればヤマザクラの花が咲き
左へ曲ればハラキリ・ヤグラ
ハラキリ・ヤグラのすぐそばに北条高時の井戸
上方勢が稲村ヶ崎に黄金の太刀を投げこんで乱入したとき
北条一族は滅び
高時は井戸のそばで切腹し身を投じる
東勝寺は
「東ガ勝ツ」ことを祈願して建立されたのに
あっけなく敗北した
このあと

ぼくの若い日本は
南朝側と北朝側に分裂して内乱状態をむかえてさ

ハラキリ・ヤグラのすぐとなりに修道院
レデンプトリスチン修道院
神サマと結婚した美しいシスターたちの館は
ぼくの目には壮麗に映る
北海道函館のトラピスト修道院では
バター飴とクッキーを売っているけれど
ここでも彼女たち手焼きのクッキーを製造していて
若宮大路の洋品店で売っている

修道院の裏は屏風山
神サマと結婚したシスターたちを静かにかばうように聳えていて
ぼくの下駄の音だけがひびくばかり

修道院の前にペンキ屋さんの車が停まっている
ペンキ屋のおじさんとシスターが出たり入ったり
白く塗りたる十字架のペンキでも剝げたのだろうか
鎌倉は
かつては鎌倉五山　真言宗　法華の太鼓がひびく仏教の町で
それはいまでもそうなのだが
明治レボリュウション以後
讃美歌もこの町の軒から軒へ
路地から路地へ風にのって流れることになった
心なしか
風にはクッキーの匂いがまじっている
おいしい　おいしいプトリスチン・クッキー
それにしても
とぼくは思う
どうしてシスターたちが作ったクッキーが

洋品店で売っているのかしら
色とりどりのパンティやブラジャーやスカーフに
いりまじってさ

小路と小路をつなぐ秋

日本列島を大小の台風が秋雨前線を刺戟し、小町通りや下馬四ツ角《げばよかど》を水浸しにしながら通過してくれないことには、鎌倉には秋がきてくれない。

やっと秋。

秋の光。

そこで江ノ電に乗って、ぼくは稲村が崎から鎌倉駅に出る。

空には鰯雲。地にはススキの穂が銀色にきらめき、赤トンボが群れをなして飛び交う。天高く女性は肥える。ジャズ・ダンスの使用前、使用後のような女学生や主婦たちとともに、電車から吐き出されると、ランチ・タイムの終わったばかりの段葛《だんかずら》へ。その二ノ鳥居をくぐらないで、八幡さまを左手に見て直進。小町大路（辻説法通り）につながっている道路に入ると、その小さな木造の「雪ノ下教会」（プロテスタント）と産婦人科の古風な医院があって、その間の路地を、ぼくは左折する。和田義盛の霊を祀る塚のとなりあわせに産婦人科の医院があったが、教会と産婦人科医院とが、ここでも手をつないでいる。その、見えない手をくぐりぬけるようにして、ぼくは、その路地に入る。ぼくがひそかに愛している路地の一つ。

若宮大路の車の騒音も、ほんの少し離れているだけで、まったく聞こえない。それに、滅多に人とも会わない。それで公益質屋があるのかもしれない。

とにかく、ゆるやかに曲がりくねった路地をしずかに歩いて行こう。ぼくはいつも運動靴みたいなのをはいているから、音をたてようとしたって、無駄である。下駄は、どこかに忘れてきた（いったい、どうやって家に帰ったのだろう?）。

やがて、歌人の家の横を通りすぎる。その少しさきに床屋（バーバー・ショップでは断じてない）があって、その床屋の話は、歌人の日記にしばしば出てくる（筑摩書房「吉野秀雄全集」日記）。それから、いくつか、小道を横切って、そのまま路地をすすむ、クラマ天狗のおじさんの屋敷があって、いつのまにか猫屋敷と化したその黒塀の邸宅を通りすぎると、大船と金沢八景を結ぶバス通り。その道路をつっきる。

マドラスというカレーとアイスクリームのうまい店の横の小道に入れば、八幡さまの国宝館の裏手。それが横浜国立大附属小学校の校庭、背後には、秋色をふかめつつある大臣山、そして大塔の宮を目ざして、大倉幕府跡を過ぎ、左手に実朝の歌の神さまである荏柄天神のイラカをながめながら、鎌倉第二小学校の方につづく路地に入ると、二階堂川が流れていて、その川は、歌の橋で滑川に合流するのだが、ぼくは上流をめざして、小さな橋（名前は忘れた）をわたり、皇国史観のヒーローである護良《もりなが》親王の墓の手前を、杉本寺の裏山に入る。

江戸時代からの庄屋さんの大きなお屋敷があって、きれいに舗装された路地をおそるおそる入って行くと、小さな山、紫の花をつけた秋草におおわれた細い山道をのぼる。小山のてっぺんには、高山神社という素朴なお社があって、とにかく、おサイセンをあげて、健康と良い仕事ができますように、そしてお金が儲りますように、と心から祈願した。

ふりむけば、秋の中の鎌倉の町。その町と町をつなぐ小路。そしてグリーンとイエローとレッドとが微妙にいりまじっている山波。庄屋さんの山から裏庭をのぞくと、白い土蔵と枝もたわわにみのっている柿の実。赤い鳥居のオイナリさんもいらっしゃる。

七里ガ浜より夕陽を見る

つるべ落し
とはよく云ったものだ
秋の夕陽がまるで燃えつきるようなスピードで
伊豆半島の天城山の彼方へ
落ちて行く

つるべ落し
鎌倉には十二世紀以来の
十井があるけれど
どの井戸にも　もう

つるべなんかありはしない

ぼくは深い井戸をこわごわと覗くように
人間の魂の在りかに
觸れてみたい
そこに
どんな夕陽が　赤光が
どんな炎が　沈黙が

つるべ落し

秋の黄金分割

鎌倉の
谷戸の奥にぼくの小さな家があって
その裏山をのぼりつめると
秋の風が吹きぬけて行く
落葉には
秋の風の色がしみこんでいて

どうして枯葉には

いろいろな色がついているのだろう
葡萄酒の色　琥珀の色　モルトの
ゴールデン・メロンの色
きっと風によっては飲む酒がちがうのかもしれない

人影が過ぎる
まるで黄金分割の比率をたしかめるかのように

洋館という不思議なお化け屋敷

太平洋戦争による戦災をまぬがれた「古都」といえば、さしずめ京都と鎌倉ぐらいだろう。京都といえば、ぼくの戦前の記憶では、三条河原町通りにあるアサヒ会館という東郷青児の醜悪なモダン・アート風のデザインによるレストラン・ビル、都ホテル、大津まで行けば琵琶湖ホテル（昭和初年）ぐらいのもので、個人の「洋館」にはお目にかかれなかったような気がする。

モダンなんていったって、せいぜい東郷青児あたりである。ポスト・モダンときたら、バウハウスの亜流にすぎない機能主義を主軸とする「お化け」屋敷であって、ほんもののお化けには会えない。

さて、鎌倉に話はうつる。

鎌倉というのは、じつに不思議な「村」である。文化史上、欠かせない「近世」が欠けているからだ。つまり、一三三三年に、はじめての武家政権が滅亡すると、半農半漁の小村にたちかえる。西洋人が撮った明治初期の、百年まえの「村」の写真展を見たことがあったが、庶民の住み家は、まるで「冒険ダン吉」の苫屋《トマヤ》であって、二、三隻の小舟が腹を出して、由比ヶ浜にねそべっているだけである。

日本はシベリア寒流と黒潮にはぐくまれておだやかに暮していたくせに、海のことは、ほとんどの人が知らない。徹底的な農耕民族であり、内陸の夏は暑く、冬は寒い。

稲作によって生きてきたから、塩害などということは、「海に生きてきた人」以外には、ほとんど知らないと言ってもいい。

海は、あらゆる生物の母体である。ぼくらの気が遠くなるくらい遠いご先祖は海に養われていた。紀元前や紀元後、なんて区別されるもっと前の話である。海水の成分と人間の血液の成分には、深いアナロジーがあると、海洋学者は言っている。

二百六十年間の幕藩体制のおかげで、日本独自の近代化は成立したが、鎖国政策によって、一部の海洋漁業者、それも千石船というワクをはめられていたから、海で遊び、海の陽と風によって療養するモチーフさえ浮かばなかった。海は神の領域であり、生業の聖なる仕事場だったからである。

鎌倉には、大町、小町があって、中世には大町がダウン・タウンで、名越、傘町、松殿、松中、中座、米町、魚町、辻町、下馬、大町原、塔の辻、向原などの町があったといわれている。

名越は農家が多く、寺社関係の石工たちも住んでいた。八雲神社のまわりには、松殿、松中、中座があり、米町は文字通りの米問屋、魚町は魚問屋。

若宮大路の大町大路に出る下馬《げば》橋あたりは、ちょうど現代の小町通りといった感じの遊び場で、妓楼が軒をつらねたという。うらやましいな、いま、二〇世紀末の鎌倉の飲み屋にとびこんでも、いちばん若いギャルが還暦で、しかもグランド・ピアノまで狭い空間を占領していて、店のかまえだけは、ラテン風の「洋館」ときている。鎌倉で「洋館」に入りたかったら、六〇歳のギャルと逢って、ヤケ酒でも飲むより仕方があるまい。しかし、ぼく自身が七〇歳ちかいギャルソンなのだから、時代の様式については、話はしばしばあうこともある。二〇歳のベイビイは、生理的にはいくら美しくたって、センスがかけはなれすぎていて、ぼくは鼻白むばかりである。むろん、おなじ労働でお金が稼げるということになれば、ベイビイたちは、横浜、東京、ホノルルまで飛んで行ってしまうだろう。「洋式」という言葉が社会化されて、やっと百二十年くらいか。まずトイレットからはじまったと言ったほうが生活感がある。

中世の東海道は、金太郎の足柄山を越えて相模国に入り、国府津《こうづ》、藤沢、それより鎌倉郡に入り、片瀬・腰越《こしごえ》、極楽寺坂を越えて長谷の甘縄《あまなわ》、それより下馬橋で若宮大路を横切って、大町大路、そして名越坂を越えて三浦郡に入る。これが鎌倉を通る東海道なのである。

「洋館」に入るのには、ずいぶん、歴史の手数《てかず》がかかる。洋館にたどりつくまでにぼくは疲れてしまった。そこで一服。

そして、「洋館」にたどりつくまでに、不思議な和歌に出あわなければならない。

妙本寺の山門の前を右折、大町へぬける細い道。その道のかたわらに小ぢんまりした寺、常栄寺。

　　これやこの法難の始祖にははぎの餅
　　　捧げし尼が住みにしところ

通称「ぼたもち寺」。ぼくは、この閑静な小さなお寺が好きだ。「ぼたもち」を売っていてくれれば、言うことはないのだが。

ぼたもちは、牡丹餅と書く。もち米とうるちとをたたきあわせて、熱いうちに半づきにして丸め、あんをつけた餅のことだが、日蓮上人が西暦一二七一年、辻説法で、鎌倉幕府の庇護にあった臨済宗、天台宗などを攻撃しつづけたかどで、萩の花咲く九月十二日（旧暦）、捕えられて竜の口で処刑されることになる。日蓮上人が鎌倉の町を引き廻されたおり、法華経を信仰していた老尼が上人にぼたもちを捧げたと伝えられている。その夜、竜の口の刑場で、いまにも上人が斬首されようとした瞬間、一天俄かにかき曇り、役人の太刀に落雷して、上人を処刑することができなかった。これも、老尼の捧げたぼたもちのご利益だとして、尼の徳を大いにたたえられたという。

『鎌倉女百花譜』（一色るい著）を読んでいたら、桟敷尼《さじきに》という尼さんのエピソードが出てきた。

ぼたもち寺の裏山の中腹は、鎌倉時代、桟敷台といわれ、ぼたもちを捧げた老尼が庵を結んでいたころから、桟敷尼と呼ばれた。

中世から、「近世」を欠落して近代に直結するのは、明治二十二年横須賀線（汽車）の開通によってである。したがって、それ以後、工業先進国の西洋人、たとえばベルツ博士のサジェストで、サナトリウム、海水浴、成金老人の別荘という洋館が誕生する。

桟敷尼の庵のあとには、横浜の絹糸商人が建てた鎌倉最古の西洋館がある。

亀が淵ブルース

十二世紀初期
源頼朝が奥州平泉の毛越寺の二階堂の
ミニチュアを
鎌倉宮の裏山の草原につくる

せっかくのミニチュアも　たった
六十年で焼亡してしまうのだが
廻廊式の池だけは残って　いま
黄菖蒲が咲きみだれ　桑の木だけが大きくなって

私がね、子どものころは蛇の棲家でしてね

ええ、二階堂の草っぱらのことですよ
マムシはむろん
シマヘビ　ヤマカガシ　脱皮するまえの
青大将ときたらノタリノタリしているだけで
その連中が草むらからいっせいに
動きだすんです
春　冬眠からさめたばかりだから
そりゃあ　鮮かなもんでした
二万坪の草原が波立つんですよ
どこへ？
ほら　細い川が流れているでしょ
亀が淵というんですけどね
亀はたくさんいましたけど　スッポン　ウナギまで遊んでいて
蛇の大群は
カエルを狙って走りだすんです

カエルのコーラス
カエルのタンゴ　これがルンバになると
危い

夏は
ヘビとカエルの運動会がおわると
お化けが出てきても不思議でないような夜がはじまって
亀が淵には
夜光貝
草原には螢の輪舞
夜空にはお月さん
そりゃあ見事なもんでした
なにせ　農家が二軒しかなかったんですからね
ヘビもカエルもホタルも
四十年まえに姿を消してしまって

この土地で生れ育った六十男
海軍のゼロ戦乗りの生き残りが
ぼくに語ってくれた
村
のエピソード

ぼくの野原

若い友人から借りた「鎌倉の散歩みち」という文庫を読んでいたら、ぼくの大好きな野原のエピソードが出てきた。著者は富岡畦草氏で、初版は昭和四十五年。したがって、ほぼ二十年近く前の「鎌倉」である。この二十年で、鎌倉の表層部は激変した。緑の山は大資本にけずられて、小住宅も増え、メイン・ストリートには、超モダーン（?）なビルが乱立している。昔からの大邸宅は固定資産税や相続税でもがき苦しんでいるのが手にとるように分る。

しかし、ぼくの愛する約二万坪の野原は、今もなお健在である。その名を永福寺《ようふくじ》跡という。

まず富岡さんのガイドに従って歩いてみよう。「鎌倉駅東口の右側5番のりばから『大塔ノ宮行』バスに乗ると、七、八分（いまでは車社会のおかげで十五分かかる。著者註）で鎌倉宮につく。大塔ノ宮とは皇族で天台座主となった方の総称であるが、護良《もりなが》親王を祀る鎌倉宮をさして大塔ノ宮と呼ぶ人が多く、また鶴岡八幡宮と鎌倉宮を混同する旅行者の便を考えてか、バスは『大塔ノ宮行』としている。」

県道「金沢八景街道」を駅から直進すると、やがて「岐《わか》れ道」に出る。その道を左折すれば、源実朝が和歌の極意を祈願するために、ことあるごとに参詣したといわれている荏柄天神が左側の細い道を入ったところにある。

現今では、受験合格の祈願のために参拝する若者たちが多いそうだが、「合格ラーメン」屋さんまで、その入口にある。

さて、終点「大塔ノ宮」で下車すると、富岡さんのガイドによれば、

「……二階堂大路をテニスコートまで進むと、道端に永福寺跡の史跡指導標が建っている。この先を左へ入って行くと、住宅の南側に石を積んで小さな祠《ほこら》が祀ってある……さらに湿地帯に踏み入ると、跳び石が点々とつらなり、テニスコートの北西には雑木林の高所がある。周囲に大きな石がころがり、熊笹まで生えていて庭園の面影を残しているが、これが二階堂本堂の前面にあった、大池の中ノ島であろうと見られている。」

――

「鎌倉攬勝考《らんしょうこう》」(文政十二年) によれば、「東関紀行」を引用して、つぎのように言う

「二階堂は殊にすぐれたる寺なり。鳳凰の甍にかゞやき、梟の鐘霜にひゞき、楼台の荘厳よりはじめて、林地の麓にいたるまで、殊に心にとまりてみゆ云々。

建長三年 (一二五一) 十月七日、宇佐美判官祐泰が荏柄の家より失火して、薬師堂は、残らず焼亡し、火延て、二階堂迄悉く焼失せしとあれば、此とき二階堂回禄に及びしは、惜むべきことなり。抑文治五年より、宝治三年まで六十年にして修理有て、建長

三年迄纔《わずか》に三年を過たり。前後合せて、六十三年に至て灰燼となれり。是より別当永福寺は再建有しかど。二階堂は此後廃跡となれり。」

さて、ガイドに連れられて、もう少し歩いてみよう。

「これだけ見たら田圃の畦を北の道へ出てもよし、テニスコートの脇に戻って左へ進み通玄橋の三叉路を左へ曲って流れに沿った道を大きな谷戸の奥へ行ってもよい。十分ほどで牧場があり……」

このガイドブックが出てから、もう二十年近くなる。田圃道は舗装されて、色とりどりの車が走っている。牧場はとっくに消えて、豚の慰霊碑だけがひっそりと建っている。畜殺所に送られた豚のために。

住宅も、養豚場の跡までのびてきていて、二階堂川だけが、昔のままのせせらぎの音をたてている。牧場には、牛も何頭かいたそうだが、経済効率のために、養豚場に変り、いまでは、村人たちが野菜づくりにせいを出している。

「ずいぶん新鮮でおいしそうな野菜ですね」

と、ぼくが声をかけたら、日焼けした老人が、

「なに、いまの若い連中は、ハンバーガーかインスタント・ラーメンにしか目をくれませんよ」

小さな牧場は消えてしまったが、永福寺跡の二万坪の野原は、まだ残っている。初夏には黄色の菖蒲が咲きみだれ、晩秋にはススキの銀色の穂が秋風にそよいでいる。

この野原は、いつ眺めても気持がいい。

一本の形のいい木が、いつも気にかかっていたので、考古学のお嬢さんにたずねてみたら、桑の大木なんだって。中世寺院の発掘調査を、十数人の人たちが、若い先生をリーダーにして、この二、三カ月、一所懸命にやっている。調査が終ったら、どうか、もとどおりの野原にもどしていただきたい。

春には七草、秋には小さな実。その聖なる秩序を保存することこそ、真の意味の「考古学」ではないだろうか。

秋と冬の移りかわりには、日本列島独特の微妙な味がある。北米中西部の田舎町に半年ばかり暮していたことがあるが、ある日、カシワの大きな葉が、ドサッと落ちると、その瞬間から冬なのだ。

秋から冬へ

日の時間から夜の時間へ

人も
物も
小さくなって
見えなくなるくらい小さくなって
影だけが大きくなって
細くなって長くなって地の果てまで

――「帰ってくる旅人」

ぼくの野原も大きくなったり小さくなったりする。

路地と生きるヒト・文化

鎌倉の谷戸奥にあるぼくの家のそばを流れる小さな川には、むかし、蛙やスッポン、鰻までいて、夏になれば、蛍の大群がお尻にあかりを光らせて、真黒い画布にシュールな絵画を描いていた。

それがどうだ。宅地の開発が進んで生態系が崩れてしまい、狸の親子は姿を消して、川に沿った小道は、いまでは「男の花道」になってしまった。二、三十年前には颯爽と通勤していた紳士が、いまでは杖を手にトボトボ歩いているからさ。女はどうか？残念ながら彼女らはホウキにまたがり空を飛ぶ。だからその姿を見たことはない。

朝、二日酔でフラフラ歩いている人。
昼、歯医者から陽気に帰ってくる人。
夕べ、新月を左肩に見ながら、勤労から帰ってくる人。
夜、恋にやぶれて家路を急ぐ若者たち。
朝、夜勤あけで、飲み屋で一合酒を飲んでいる人たち。
その人たちの足音が、カルテットをつくり、鎌倉の路地を形成する。
そんな路地が、ぼくは大好きだ。

——「僕が愛した路地」より

四半世紀以上もむかし、ぼくが鎌倉にやってきた理由のひとつに、鎌倉には古い町内が残っていることがあった。それだけじゃあない。海も好きだったし、ちいさな山にもひきつけられた。もとはといえば漁師町だったから酒屋と床屋が朝の七時に店を開けるのも魅力だった。なにより家賃が安かった。そんな村が気に入って、ぼくはいまも「花道」を散歩している。

もっとも蛙やスッポン、鰻に蛍がどこかへ逃げだしたように、経済繁栄めざし肩で風を切っていたビジネスマン氏の背中がまあるくなったように、中世以来、近世、近代を飛び越えて、村のまま現代にタイムスリップした鎌倉も大きく変貌した。

数年前のこと。鎌倉五山の筆頭、建長寺での鼎談「都市について」に参加した。鎌倉育ちの美しいニュースキャスターと女優、白狐さんと白狸さんご一緒で両手に花。そのうえ好き勝手お喋りして御足がいただけるとあって喜び勇み引き受けた。

前座で何か喋るようにというものだから、市の肝煎りではあったが、ぼくはおおよそこんなことを口にした。

——東京を追い出されて鎌倉にたどりついて二十五年、息つく間もないような鎌倉の変貌ぶりは、新住民のぼくの目にも戦後日本の都市化現象の、シンボルのごとく映った。「美しい文化都市」などとスローガンを掲げるのは結構だが、文化とは本来、「小さなもの」であり、日常茶飯のなかにこそ息づいているのだ。旧市内にはいまだってバキューム・カーが走っていて、そんな地域に路地は生きており、民家の小さな庭では小鳥がさえずり四季の花咲き、人の足音だって聞こえてくる。それを「文化」といわずして町を語ることは可能であるのか――

町は人がいてこそ町だが、その町が大きく変化して、人まで姿を変えた。颯爽としたサラリーマン氏は杖をついてもまだ生きているからいいのだが、ぼくくらいの年齢になるとこの世とサヨナラしてしまう友人知人も少なくない。けんか相手が姿を消すのはつまらない。同じ世代の友人だからこそけんかはできる。罵倒だってしてしまう。後輩相手じゃけんかなんかできっこない。若い人は、まともに受け取るからかわいそう。

たまに路地を歩いても顔も知らない人ばかりになった。年嵩が亡くなるのは順番だから仕方はないが、死者より年をとっていくのは妙なもの。若い人が逝ったときは、生意気なヤツだ、俺を置いてけぼりにするなんてと思ってしまう。

老人は路地や谷戸を歩くのみ。なにしろファッショナブルなかっこうで、しゃなりしゃなりと都大路を行く観光客の群れをかき分けて散歩などするつもりもなければ、できない相談なのだから。もっとも、新しい路地では物足らない。小鳥のさえずりや季節の花、住民の足音が、文化のなんたるかを教えてくれる路地でなくては。

でもいまや、路地はメインストリートからのバイクや車の排気ガスに襲われている。木が好きで、初夏のユリの木や冬のケヤキの前に佇むこともあるが、せっかくの樹木にも活気がない。横文字の集合住宅も目につきだした。路地が滅びゆくのもそんな先のことではないだろう。

古地図によれば、東京の路地は江戸のむかしと変わっていない。鎌倉だって同じこと。町も、暮らしも、コミュニティも、人間と同じように、路地という〝毛細血管〟があるからこそ生きられるのに。

PINO 1980

鎌倉の枕

晝《ひる》さがりの
小町の裏道　路地がぼくは
好きだ
そういうときは朝からウイスキーを飲んでいて
路地の居酒屋に晝寝に行くのさ　その店の
小さな坐布団は木綿だから
二つに折って枕にして眠っていると

いつのまにか毛布がかかっていて
灯ともしごろになると
磯の香をサカナに
辛口でも

夜の江ノ電

午後九時ごろ
江ノ電に乗ってごらん
はじめは混んでいるが石上《いしがみ》
柳小路それから
腰越の小さな漁村にさしかかると
まったく無人になる

江ノ電
藤沢—鎌倉をつなぐたった十キロの単軌鉄道で
その車体も
玉川電車（ジャリ電）

市電（東京市の電車）
の下取りで
プラットフォームも車輌ごとにちがうから
乗客は足もとに気をつけなければならない
いっそのこと
北米西部の「真昼の決闘」のようにプラットフォームをつくらなければよ
　かったのに

腰越は鎌倉という村の入口で
ここまででポルノのポスターやブス猫はおしまい
江ノ電は
まず高架鉄道を走り
それから
路面電車にかわり
ポルノのポスターと可愛いお婆ちゃんに別れをつげると

文化人が住んでいる
鎌倉村に入って行く
たった十キロの藤沢―鎌倉の距離で
よくも文化村と云ったものだ
ぼくは
人の顔に別れをつげて
腰越から
鎌倉にはいる

ブンカジン大嫌い
夜の海が前面にひろがる
漁火が見える　小さな灯台の光りが見える
相模湾の黒くて青い水平線
それも
稲村が崎あたりから見えなくなってきて

乗客はぼく一人
単軌鉄道はくねくねと民家の裏側を走りぬけ
手をのばせば
民家の窓の灯　樹木の枯葉に手がとどく
ぼくは
おもむろに立ち上り
緑のベレーをかぶり
赤いチョッキを身につけ
進歩的文化人になりすます

緑の党を
赤い党が支援する

こんな愉快な村はめったにない
宗教法人税法のおかげで

説教したがる坊主に
妾が四人もいるとは
ちっとも知らなかった　夜の江ノ電の
窓から見える
白い波頭　夜のなかの

白い波頭
乗客は
ぼく一人

海へ出る小路

鎌倉のシンボルは谷戸であって、谷戸には一つ一つ、古風な名前がついているのに、ぼくが愛する小路や路地には、まったく名前がない。

そこで、ぼくはひそかに名前をつけるが、そのときの季節や気分で名前が変わるから、固有名詞とは云いがたい。

たとえば、ウサギのダンス小路、二日酔路地、ヤキモチ通り、モーロク裏通り、なげき道、オチョクリ子通りなどである。

さて、昨年の秋から暮にかけて、東の谷戸に棲むキツネ博士とS病院で休肝にあけくれて、東のキツネ博士も西の野ギツネも、キューカン鳥になってしまったが、それでも暮の三十日に、二人のキツネは病院からめでたく「解放」されて、またまた人間に化けることになった。病院まえで、文字通り、人間に化けたキツネは東西に別れたのだが、その折、見送りに出てくださった「従軍看護婦」さんのセリフがナカセるのである。

「また、お近いうちにどうぞ」

鎌倉の西の谷、一の谷（イチノヤト）の奥に、わが狐小屋があって、二階の仕事部屋兼寝床にひきあげてみると、まさに病室そのもので、木のベッドに横たわると、習慣とはおそろしいもので、夜の九時にはねむってしまった。

酒のない大晦日や正月は、なにもすることがないから、もっぱら眠り、且つ喰べ、探偵小説などを読んですごした。

東の谷のキツネ博士に電話してみたら、彼も酒気がないものだから、終日、着物、書類などの整理に没頭し、退院時に購入した焼却炉で庭の落葉ばかり焼いていたそうである。

とにかく、ここ当分、禁酒を誓いあった仲だから、相互監視条約を締結して、禁を犯したものは罰金を払うことになっている。情報網は鎌倉七郷にくまなくはりめぐらしてあるのだから。

鎌倉は、まさに「村」だから、悪事は千里を走る必要もない。

ある晴れたおだやかな冬の日、ぼくは「病室」のベッドからやおら起き出し、パジャマの上からセーターとズボンをはき、運動靴をはいて、一の谷をブラブラ歩いて行った。この道は十年以上歩いてきたことになる。両側の邸宅もいつのまにか外装をあらためて、いやにモダーンになった。

住宅だってファッションだから、目下のところメキシコ風の小住宅が流行の先端だということぐらいは分かる。

そこで、おそれをなして、一の谷の裏側の小道に入る。人ひとり、歩けるほどの野草の匂う道で、しなびたカラスウリが三箇、枯れ枝にぶらさがっているばかり。音無川が暗渠になっている舗装道路に出たら、民家の小庭に水仙の花が咲いていたっけ。

音無川にかかっている小じんまりした踏切りを渡って、大正時代の赤い洋館を眺めていたら、そのとなりに、いつのまにかカトリックの大学のスマートな寮ができていて、金属性の十字架が、初春の陽光にピカピカひかっているばかり。

このモダーンな寮からは、チェスタトンの「ブラウン神父」が姿をあらわすはずがない。そして、寮にそった小道を歩いていったら、一九八二年になったばかりの相模の海。

人も犬もいない。

鳥・西風

ミロの版画で見た
風の行方と
鳥の方向
風は人類の眼には見えないが
くっきりと鳥の羽ばたきが風を表現しているのさ
劇的なしかも音楽的な線のふるえが
人類に太陽の落ちて行くべき場所をさし示す

夕方
風が変った

冬がはじまった
人は黒いコートの襟をたてて
逆方向から歩いてくる
冬の赤い光りを背中にあびて
時はたちまち過ぎる
その時をとめようと思うなら
荒涼とした海岸に出てみたまえ
鳥は
西風にさからって一直線に
太陽の沈む　あの
闇の光りにふるえる夢の中へ

牡蠣

まっ赤に燃えながら
伊豆半島の天城にむかって落下する
秋のおわりの夕陽が肉眼で見たかったら
鎌倉の由比が浜に出てみるがいい
秋と冬の微妙な接点
あの落下速度とともに相模の海の色が
多彩に変化する
その世界を眺めたら
どんな人だって天動説を信じるだろう
天動説の世界で呼吸すれば
だれだって詩人になれるだろう

遺伝子と電子工学に支配されている人間は
物にすぎない
単なる記号にすぎない
人間がいなくなる不思議な世界
この世界に抵抗しようとするなら
インタネットのハッカーになるよりほかにない
むろん
ハッカーは地動説の人でなければならない
日没
一瞬のうちに「わが天動説」は消滅し
赤ワインとマカロニの世界に
ぼくは帰って行く　それにしても
牡蠣のグラタンはおいしいよ

新年の手紙（その一）

きみに
悪が想像できるなら善なる心の持主だ
悪には悪を想像する力がない
悪は巨大な「数」にすぎない

材木座光明寺の除夜の鐘をきいてから
海岸に出てみたまえ　すばらしい干潮！
沖にむかってどこまでも歩いて行くのだ　そして
ひたすら少数の者たちのために手紙を書くがいい

色

春の雪
雪が消えたと思ったら庭のクロッカスが咲いた　白　黄　紫
それから
鎌倉の小路を歩いていたら民家の裏庭に白梅が咲いていた
梅から桃の花
桃から桜になって藤の花が咲く
花は生殖器だ
それで
蜜蜂があんなに集まってくるのだ
花の香りと色彩と形態とは神が造ったものにちがいないが
この誘惑は

蜜蜂にとって危険な罠だ

五所神社のそばに
蜂蜜屋があって　桓根ごしに庭をのぞいたら
品のいいおじいさんとおばあさんが
のんびりした顔でひなたぼっこをしていたっけ

海岸に出れば
磯の匂い
新わかめ採りの漁船が何隻も出ていて
その沖合
一・四キロのところを黒潮が流れている
シラスを追ってイセエビ　カツオ　タイの群れ

春の潮

春のめざめ
地下で眠っていた諸生物がいっせいに動きだす
孤独な娘は
白い息を吐きながら地上で冬をすごしたが
心の深いところで春がおとずれるのを待っていたのだ

ぼくの家の庭で一冬をすごしたジョウビタキも
氷の国へ帰ってしまった
たぶん　アラスカかシベリヤの故郷へ

いれかわりに
南の島から渡り鳥の一群がやってくる　もうその時は初夏の光
その名は
ツバメ

解説

宮崎真素美

言葉なんかおぼえるんじゃなかった
日本語とほんのすこしの外国語をおぼえたおかげで
ぼくはあなたの涙のなかに立ちどまる
ぼくはきみの血のなかにたったひとりで帰ってくる

（「帰途」『言葉のない世界』）

この男　つまり私が語りはじめた彼は　若年にして父を殺した
その秋　母親は美しく発狂した

（「腐刻画」『四千の日と夜』）

田村隆一の詩句は、時に悪魔的な魅力を湛えながら、ひとの心の深いところを美しく射止める。「田村にやった方が上出来になる」（中桐雅夫）と、仲間が自身の詩句を捧げるセンスの持ち主は、「荒地」の詩人として知られている。

田村が参加した「荒地」とは、戦後詩の旗手として位置づけられた詩人グループである。イギリスの詩人T・S・エリオットの長詩「The Waste Land」にその誌名を因み、第一次大戦後のヨーロッパの精神的荒廃と、自分達を取り巻く状況とを重ね合わせ、「現代は荒地である」(「Xへの献辞」『荒地詩集1951』)とする認識のもと、その詩的活動を展開した。戦前にも同誌名で刊行(昭一四・三〜一五・一二　全六輯)しており、そちらは早稲田第一高等学院の鮎川信夫とその同級生を中心とし、田村が牽引して刊行した戦後(昭二二・九〜二三・六　全六輯)のそれは、鮎川信夫・田村隆一・三好豊一郎・中桐雅夫・北村太郎・黒田三郎・木原孝一を同人として出発、青春期を戦争に覆われた世代の思想と心象とを描き出した。

一九二三年(大正一二年)、現在の豊島区南大塚に、鳥料理専門料亭の長男に生まれた田村は、一九三五年(昭和一〇年)に入学した東京府立第三商業学校で詩作の緒を開く。それは、「荒地」の仲間として終生関わり続けた北村太郎との出会いによってもたらされた。早熟だった北村を介し、同じくのちに「荒地」の仲間となる中桐雅夫の詩誌「LE BAL」に参加、若き「荒地」の詩人たちは、この頃から中桐の「LUNA」、「LE BAL」、「詩集」、北園克衛の「VOU」、春山行夫らの「新領土」といったモダニズム系詩誌で相知り、交流を深めていった。田村はこうしたことがらを自著『若い荒地』で活写しており、当時の詩誌の内容や彼らの関係性を照らす魅力的で貴重な証言を残している。

本書に通底する「散歩」的感覚も、そうした若き日から憧れ続けた〈小千谷の偉大な詩人　J・N〉こと西脇順三郎と響き合っているように思われる。〈ぼくは十七歳の四月　早稲田の古本屋で／不思議な詩集を見つけて／東京の田舎大塚から疾走しつづけた／ワインレッドの菊型の詩集をめくっていると／ほんとに手まで赤く染まってきて／小千谷の偉大な詩人　J・N〉(「哀」『帰ってきた旅人』)。田村は晩年近く、西脇へのオマージュをこのように刻み、先の府立三商時代には友人らと創った詩誌名を、西脇の〈ワインレッドの菊型の詩集〉と同じく「AMBARVALIA」と名づけた。本書収録の「夏至から冬至まで」にも〈J・N〉は登場している。戦後、「荒地」の発刊と同じ年に出版された西脇の詩集『旅人かへらず』は、「自分の中」の「もう一人の人間」、「通常の理念や情念では解決のできない割り切れない人間」、それを「「幻影の人」と呼びまた永劫の旅人」として、「路ばたに結ぶ草の実に無限な思ひ出の如きものを感じさせるものは、自分の中にひそむこの「幻影の人」のしわざ」(「はしがき 幻影の人と女」)であるとした。日本的な俳味を帯びた一六八の短章からなる『旅人かへらず』にあらわされた自然、ことに多くの植物の名は、田村の鎌倉の描き方に通ずる要素と見ることができる。田村の場合は加えて、鎌倉の地形そのものである〈谷戸〉を慈しみ、そこから呼び起こされる夥しい地名の数々を作品の随所で言挙げさながらにすることで、実在の土地への愛着と、そこに織り込まれた歴史的時間をつなぐ遠大な想念を発動させている。収録されている「咲く」、「鎌倉——ぼくの散歩道」をはじめ枚挙に暇がないが、「牡蠣」に至っては、〈秋のおわりの夕陽〉に照らされる〈由比が浜〉の〈海の色〉から、〈天動説〉〈遺伝子〉〈電子工学〉へ、ぐいぐいと拡げられた想念が、〈日没〉によって〈一瞬のうちに〉〈消滅〉し、鎌倉の自然が詩人の心に喚起するダイナミックな波動が、みごとに映し出されている。

田村は一九七〇年（昭和四五年）に材木座に住まうのをはじまりに、翌七一年（昭和四六年）には稲村ガ崎、八三年（昭和五八年）に二階堂へと転居しながら、鎌倉を「わが町」としていった。生涯に五度の結婚をした、その四度目が鎌倉住まいの契機となる。先の西脇が『旅人かへらず』を、「幻影の人」である「女の立場から集めた生命の記録」としたように、田村においても同様の認識を、たとえば、「さかさ川早春賦」の次のようなフレーズ、〈女は／土の産物だから紅梅や白梅の花を咲かせるが／観念的な存在である男は／夜あかしで酒を飲むしかないのかもしれない〉などに見ることができ、鎌倉の自然に喚起される遠大な想念の源には、こうした〈女〉なるものが底流していたのかも知れない。

〈鎌倉の谷や小路には、下駄がいちばんふさわしい〉として、〈東京から鎌倉に移ってきたとき、まっさきに買った〉（「鎌倉——ぼくの散歩道」）とされる下駄とともに鎌倉を歩いた田村は、一九九八年（平成一〇年）、七五歳で生涯を閉じた。今は、〈参道の両側には背の高い杉の木がそびえ、明るい光に濃い影を落としている。地上に黒く描かれたその杉の影を踏んで歩くと、夕立みたいに降りそそいでくる蟬の声。〉（「比企ヶ谷」）とみずから描いた〈妙本寺〉で眠っている。

（愛知県立大学教授）

出典

「春」『小鳥が笑った』かまくら春秋社、一九八一年
「見えない春」『ワインレッドの夏至』集英社、一九八五年
「さかさ川早春賦」『僕が愛した路地』かまくら春秋社、一九八五年
「咲く」『ぼくの草競馬』集英社、一九九〇年
「偕楽」『毒杯』河出書房新社、一九八六年
「鎌倉山のダンディなライオン」『僕が愛した路地』かまくら春秋社、一九八五年
「滑川午睡歌」『新世界より』集英社、一九九〇年
「ヒグラシ」『ぼくの草競馬』集英社、一九九〇年
「海の言葉」『灰色のノート』集英社、一九九三年
「一品香——散文詩風の海」『小鳥が笑った』かまくら春秋社、一九八一年
「わが町」『日旅』一九八二年十月号、日本旅行
「白い波頭」『小鳥が笑った』かまくら春秋社、一九八一年
「鎌倉——ぼくの散歩道」『小さな島からの手紙』集英社、一九八三年
「十三秒間隔の光り」『新年の手紙』青土社、一九七三年
「鎌倉の人——大佛次郎『敗戦日記』」『本の窓』一九九六年六月号、小学館
「夏至から冬至まで」『ワインレッドの夏至』集英社、一九八五年
「朝　ぼくはなぜ」『5分前』中央公論新社、一九八二年
「鎌倉逍遙」『読売新聞』一九八四年八月十一日から九月八日夕刊。題は『田村隆一全集 5』より

「滑川哀歌」『ワインレッドの夏至』集英社、一九八五年
「小路と小路をつなぐ秋」『僕が愛した路地』かまくら春秋社、一九八五年
「七里ガ浜より夕陽を見る」『小鳥が笑った』かまくら春秋社、一九八一年
「秋の黄金分割」『スコットランドの水車小屋』青土社、一九八二年
「洋館という不思議なお化け屋敷」『かまくら春秋』一九九〇年八月号、かまくら春秋社
「亀が淵ブルース」『ハミングバード』青土社、一九九二年
「ぼくの野原」『ぼくの草競馬』集英社、一九九〇年
「路地と生きるヒト・文化」『We 湘南』一九九六年十一月号、かまくら春秋社
「鎌倉の枕」『小鳥が笑った』かまくら春秋社、一九八一年
「夜の江ノ電」『生きる歓び』集英社、一九八八年
「海へ出る小路」『僕が愛した路地』かまくら春秋社、一九八五年
「鳥・西風」『新年の手紙』青土社、一九七三年
「牡蠣」『帰ってきた旅人』朝日新聞社、一九九八年
「新年の手紙（その一）」『新年の手紙』青土社、一九七三年
「色」『スコットランドの水車小屋』青土社、一九八二年

田村隆一　たむら りゅういち

一九二三―一九八。東京生まれ。十代で詩を書き始める。明治大学入学後、学徒動員で海軍航空隊に配属される。一九四七年、鮎川信夫、北村太郎らと『荒地』創刊、戦後の現代詩を牽引する。一九五六年の第一詩集『四千の日と夜』、一九六二年『言葉のない世界』(高村光太郎賞受賞)が高い評価を受ける。一九七〇年に東京から鎌倉へ転居し、終生暮らす。死の直前に刊行された『1999』に至るまで生涯にわたって詩作を続けるほか、評論、随筆、翻訳なども数多く手がけた。

ぼくの鎌倉《かまくら》散歩《さんぽ》

二〇二〇年十二月四日初版発行
二〇二一年五月二日初版第二刷発行

著　者　田村隆一

発行者　上野勇治
発　行　港の人
神奈川県鎌倉市由比ガ浜三－一一－四九　〒二四八－〇〇一四
電話〇四六七－六〇－一三七四　ＦＡＸ〇四六七－六〇－一三七五
装　丁　港の人装本室
印刷製本　シナノ印刷

ISBN978-4-89629-383-8